Gottlieb Wilhelm Bischoff

Nachträge zur
medicinisch-pharmaceutischen Botanik

Anatiposi

Gottlieb Wilhelm Bischoff

Nachträge zur medicinisch-pharmaceutischen Botanik

Unveränderter Nachdruck der Originalausgabe von 1847.

1. Auflage 2023 | ISBN: 978-3-38260-000-6

Anatiposi Verlag ist ein Imprint der Outlook Verlagsgesellschaft mbH.

Verlag: Outlook Verlag GmbH, Zeilweg 44, 60439 Frankfurt, Deutschland
Vertretungsberechtigt: E. Roepke, Zeilweg 44, 60439 Frankfurt, Deutschland
Druck: Books on Demand GmbH, In de Tarpen 42, 22848 Norderstedt, Deutschland

Nachträge

zur

medicinisch-pharmaceutischen

Botanik

von

Gottlieb Wilhelm Bischoff,

ordentlichem Professor der Botanik an der Universität zu Heidelberg, Mitgliede
mehrerer gelehrten Gesellschaften.

Erlangen,

Ferdinand Enke's Verlagsbuchhandlung.

1847.

Während der drei Jahre, welche seit der Herausgabe meiner medicinisch = pharmaceutischen Botanik verstrichen sind, ergaben sich mancherlei Berichtigungen in den Bestimmungen officineller Pflanzen, so wie in der Aufzählung und Ableitung der Arzneiwaaren; auch kamen verschiedene neue Waaren, theils ächte, theils unächte, in den Handel; es wurden neue Heilversuche mit zum Theil längst bekannten, aber lange Zeit hindurch vernachlässigten Stoffen angestellt, oder es haben sich durch neuere chemische Untersuchungen die Ansichten über die Bestandtheile derselben geändert. Indessen sind diese Berichtigungen doch nicht von solcher Art, daß eine gänzliche Umarbeitung meines Handbuches dadurch nöthig geworden wäre. Darum hielt ich es für hinreichend, von dem Neuen, welches auf die=

sem Felde durch Schriften oder durch eigene Anschauung zu
meiner Kenntniß gelangte, das Wichtigste in Form von
Nachträgen zusammen zu stellen und als Anhang zu den be=
reits erschienenen Lieferungen drucken zu lassen.

Heidelberg im December **1846**.

Nachtrag.

1. Familie. **Mimoseae.**

S. 2. Gatt. **Acacia** *Willd.* Akazie oder Schotendorn.
(Polygamia Monoecia *L.* — Monadelphia Polyandria *Auct. rec.*)

S. 4. Die Sorten des arabischen Gummi's, wie sie gegenwärtig gewöhnlich im Handel unterschieden werden, sind: 1) das eigentliche arabische Gummi oder arabische Gummi im engern Sinne, von welchem es mehrere Untersorten gibt: a) ganz weißes, Gummi arabicum albissimum, die reinste, aus den ausgelesenen hellsten, weißlichen Stücken bestehend; b) ausgelesenes, G. arab. electum, eine ebenfalls reine, doch nicht durchaus so helle Sorte, wie die vorhergehende; c) in Sorten oder naturell, G. arab. in sortis s. naturale, ein Gemenge von hellern und dunklern Stücken verschiedener Größe darstellend; d) kleinstückeliges, G. arab. parvum, die beim Auslesen zurückbleibende, aus kleinern und größern, meist eckigen Körnern bestehende Sorte, von welcher man selbst wieder eine reinere und gröbere weiße, G. arab. parv. album, und eine unreinere ordinäre Untersorte, G. arab. parv. ordinarium, unterscheidet. — Zum Arzneigebrauche sollen nur die zwei ersten Sorten verwendet werden.

Außer dem eigentlichen arabischen Gummi kennt man noch folgende Sorten: 2) das ostindische, Gummi arabicum indicum, welches von in Ostindien wachsenden Akazien, namentlich von Acacia arabica *Willd.* herzurühren scheint, der dritten Sorte sich anschließt, aber zum Theil aus Stücken von einer bedeutendern Größe und einer minder rissigen Oberfläche besteht, 3) das barbarische, G. arab. barbaricum, eine sehr unreine Sorte, welche mancherlei fremdartige Beimengungen enthält, 4) das australische, G. arabicum australe, welches in den neuern englischen Handelsberichten genannt wird, wovon mir aber noch keine Probe zu Gesicht kam; 5) das kapische, G. arabicum capense, eine in neuerer Zeit von dem Vorgebirge der guten Hoffnung nach Europa, zumal in England auf

1

den Markt gekommene, geringe Sorte, welche, was ihre Güte und Binde-kraft betrifft, selbst zum technischen Behufe den übrigen Sorten weit nachste-hen soll und von Acacia horrida, *Willd.* abstammt*).

Was auf S. 6. des Handbuches über Acacia Karroo und auf S. 777 über das kapische und ostindische Gummi arabicum angegeben ist, wird durch das hier Vorgetragene überflüssig. Eben so sind auf S. 4. die angeführten Sorten des arab. Gummi's zu streichen.

S. 6. Bei Acacia Catechu ist (statt der dort beschriebenen zwei Catechusorten) Folgendes zu setzen:

Im Handel finden sich gegenwärtig bei uns 2 Sorten:

1) Braunes Catechu oder Catechu von Pegu, Terra Cate-chu fusca, de Pegu s. Peque, aus unregelmäßigen Stücken von verschie-dener Größe bestehend, welche in Massen von $\frac{1}{4}$ Centner Gewicht und darü-ber in Bastsäcke verpackt und außerdem mit anklebenden netzaderigen Blät-tern einer dikotyledonischen Pflanze und mit linealischen, parallelnervigen Blättern (wahrscheinlich einer Palme) umwickelt und untermengt, außen und innen ziemlich gleichfarbig, schwarzbraun, glänzend, auf dem Bruche von größern und kleinern Blasenräumen porös, stellenweise auch etwas mu-schelig sind, ein graulich-braunes Pulver geben, keinen Geruch und einen stark adstringirenden, schwach bitterlichen, hintennach kaum süßlichen Geschmack besitzen; diese Sorte, deren Hauptbestandtheil eisengrünender Gerbe-stoff ist, scheint (dem Namen nach) aus Birma zu kommen.

2) Gelbes Catechu oder Catechu in Würfeln, Terra Ca-techu lutea s. in cubis, ist diejenige Sorte, die in den pharmakognostischen Schriften auch als Gambirextrakt, Gambir s. Gutta Gambir, auf-

---

*) Acacia horrida *Willd.*, die starkdornige Akazie (Mimosa horrida *Linn.* Mim. leucacantha *Jacq.* Acacia capensis *Burchell.*), welche im südlichen Afrika, nach mehreren Angaben auch im mittlern Afrika und in Arabien wächst und einen sehr ästigen Strauch oder niedrigen Baum bildet, ist nach einem vorliegenden Exemplare vom Kap nicht verschieden von Acacia Karroo *Hayne* (Arzneigew. 10. t. 33) und besonders ausgezeichnet durch ihre großen, weißen Dornen, welche an den beblätterten Aestchen so lang wie die 1—2paarig- (selt-ner 3paarig-) doppeltgefiederten Blätter sind, an den ältern Zweigen aber auch viel größer, bis 4 Zoll lang werden. Die Blätter tragen zwischen jedem der aus 6—10 Blättchenpaaren bestehenden Fieder-paare eine schüsselförmige Drüse; die kugeligen (gelben) Köpfchen ste-hen in den Blattwinkeln gehäuft und bilden an den meist blattlosen Astgipfeln mehr oder weniger verlängerte Trauben; die Hülsen sind (nach Hayne) etwas sichelig, ohne Einschnürungen und kahl.

geführt und von Nauclea Gambir *Hunter* abgeleitet wird, und welche bereits bei dieser Pflanze (Handb. S. 308) beschrieben ist. Nach einer neuern chemischen Untersuchung (von Delffs — f. Jahrb. für prakt. Pharm. **12.** S. 167) ist diese Sorte sehr arm an Gerbestoff, und enthält als Hauptbestandtheil Catechusäure. Hiernach kann dieselbe das braune Catechu als Adstringens nicht ersetzen und ist deshalb aus dem Arzneischatze fern zu halten *).

Bemerk. Das bengalische Catechu, Catechu bengalense, und das Catechu von Bombay, welche in den frühern pharmakognostischen Schriften als die bei uns hauptsächlich im Handel vorgekommenen Sorten angegeben sind und von welchen das erstere sogar noch in der badischen Pharmakopöe als die allein gebräuchliche Sorte vorgeschrieben wird, sind in Deutschland schon seit längerer Zeit ganz aus dem Handel verschwunden **).

S. 7. Am Schlusse der Mimofeen ist nachzutragen:

Anhang.

Mehrere andere tropische Bäume aus der Familie der Mimofeen besitzen adstringirende und dabei zum Theil bittere Rinden, die in ihrem Vaterlande als Heilmittel angewendet werden und von welchen einige auch schon im Handel zu uns gelangt sind. Von diesen ist hauptsächlich zu nennen:

Die zusammenziehende brasilianische Rinde, Cortex adstringens brasilisensis.

Von dieser kommen nach vorliegenden Proben zwei sogenannte ächte Sorten im Handel vor: 1. die braune, fuscus, besteht aus ungleichen 3 — 12 Zoll langen, theils flachen, theils rinnigen, 1 — 2½″ breiten, theils aber auch halb oder ganz gerollten Stücken von ½ — 1″ Durchmesser, mit einer dicken Borke und einer viel dünnern, obgleich an sich noch starken Bastschicht versehen; die Borke ist außen rauh, sehr uneben, höckerig-runzelig, mit meist tiefen Querrissen, dunkel-rothbraun, wenig ins Grauliche neigend,

---

*) Zum technischen Behufe, nämlich zum Braunfärben der Baumwollenzeuge, wird diese Sorte eben so und in neuerer Zeit sogar in größerm Maaße, wie das braune Catechu, namentlich in England verwendet.

**) Das bengalische Catechu, besteht — nach vorliegenden Proben einer ältern Waarensammlung — aus kuchenförmigen, rundlichen, gegen 3 Zoll langen und breiten, etwa 1 Zoll dicken Stücken, welche auf ihrem muscheligen, zum Theil auch porösen Bruche dunkelbraun, mehr oder weniger ins Röthliche ziehend, häufig in der Mitte mit hellern Schichten durchzogen, außen mit den anklebenden Spelzen von Oryza sativa bestreut und dazwischen oft noch großentheils mit einer dünnen, schmutzig-gelbbraunen Kruste überzogen sind, und einen stärker adstringirenden und bittern Geschmack haben, als die Pegusorte.

ohne allen Glanz, an den rinnigen und röhrigen Stücken häufig stellenweise mit weißlichen oder weiß-gelblichen Krustenflechten, seltner auch mit kleinen laubartigen Flechtenlagern besetzt; die innere Fläche des Bastes ist ziemlich glatt und von einer hell-rothbraunen Grundfarbe, oft aber schwärzlich gefleckt, wodurch bei manchen Rindenstücken die ganze innere Fläche mehr schwärzlich erscheint; der Bruch ist auf der Borke heller oder dunkler rothbraun, etwas körnig, matt, aber mit dem Nagel gerieben einen Harzglanz annehmend, auf dem hellern Baste faserig von feinern oder breitern, stets weichen und biegsamen Fasern, welche auch an den Seitenrändern des Bastes in größerer oder geringerer Menge vorhanden sind; bei alten Rinden finden sich öfters auf der innern oder auf beiden Flächen glänzende Flecken, von ausgeschwitztem Gummi herrührend*). — 2. Die grauliche, cinerascens, aus eben so großen oder größern, rinnigen oder gerollten Stücken bestehend, im Allgemeinen zwar der vorigen ähnlich, aber doch durch Folgendes verschieden: die äußere Fläche der dicken Borke ist im Ganzen weniger rauh, mit seichtern und feinern, meist querlaufenden Runzeln, wegen der zahlreichern Flechtenkrusten mehr von hell-graubrauner, zum Theil hellgrauer Farbe, mit meist weniger zahlreichen, aber breitern, weit klaffenden und spaltenförmigen Querrissen, auf den noch mit der äußern Rindenhaut bedeckten Stellen schwach glänzend und nur auf den von dieser entblößten Stellen matt und mehr rauh, dabei aber doch immer mehr ins Graubraune neigend; der Bast ist ebenfalls auf seiner innern Fläche glatt und rothbraun, aber ohne die schwarzen Flecken; der Bruch auf der Borke, wie bei der vorigen, auf dem Baste aber auffallend heller, wobei dieser oft in langern, zähen Fasern sich ablöst; auch hier sieht man oft ausgeschwitzte Gummiflecken auf der innern Fläche des Bastes. — Beide Sorten besitzen einen kaum merklichen Geruch, einen stark zusammenziehenden, sehr schwach bitterlichen Geschmack und sind besonders reich an eisengrünendem Gerbestoff.

Die zusammenziehende brasilianische Rinde wurde seit ihrem Bekanntwerden, als ein vorzügliches adstringirendes Mittel, in Pulver und Abkochung gegen Profluvien empfohlen, soll (nach Merrem) der Ratanhiawurzel in manchen Fällen, zumal bei Schleimflüssen, noch vorzuziehen seyn, da sie leicht verdaulich ist, weniger aufregend und zugleich etwas eröffnend wirkt, und soll sich auch bei manchen Entzündungs- und Ausschlagskrankheiten, bei Nervenleiden und

---

*) Diese Sorte ist der von Schimmelbusch zuerst im J. 1819 in den deutschen Handel gebrachte und von Göbel in seiner pharmaceutischen Waarenkunde (S. 1. t. 1. fig. 1—4) beschriebene und abgebildete Cortex adstringens brasiliensis.

Atonie der Geschlechts= und Harnorgane und des Mastdarms wirksam erweisen, ist jedoch nie in allgemeinen Gebrauch gekommen. (Cod. med. hamb.).

Eine dritte Sorte ist die seit 1827 bei uns bekannt gewordene Barbatimao-Rinde, Cortex Barbatimao, welche leicht von den vorigen zu unterscheiden ist. Sie besteht nämlich aus flachen oder schwach rinnigen, ½ — 2 Zoll breiten, nur etwa 1 Linie dicken, häufig noch dünnern Stücken, von verschiedener Länge, außen von dunkel-rothbrauner Farbe, auf der innern Fläche heller und daselbst der 2. Sorte sehr ähnlich, fast ganz aus Bast gebildet, meist nur stellenweise eine dünne, schwärzlich-rothbraune Borkenschicht zeigend, selten ganz mit einer solchen Schicht bedeckt, häufig auf einer oder der andern Fläche, gleich den vorhergehenden, mit glänzenden Flecken (von eingetrockneten Gummitropfen) versehen, auf dem Bruche lang- und grobfaserig, fast ohne Geruch und von einem gleichfalls stark zusammenziehenden, schwach bittern Geschmacke. — Diese Sorte kam auch schon unter dem Namen Cortex adstringens brasiliensis, mit welchem sie in ihrer Wirkung ziemlich übereinzustimmen scheint, im Handel vor.

Eine vierte adstringirende Rinde aus Brasilien ist die Jurema-, Jerema oder Geremmarinde, Cortex Jurema, Jeremas. Geremma, welche seit 1829 nach Deutschland kam und mit den andern Sorten, namentlich mit der dritten häufig verwechselt wurde. Sie ist der letztern ähnlich, besteht auch aus breiten Baststücken, fast ohne alle Borke, und ist (nach Friedr. Nees) hauptsächlich durch ihre blaßviolette oder fleischrothe Farbe im Innern unterschieden. Sie besitzt einen stark zusammenziehenden, dabei unangenehm bittern Geschmack und ist ebenfalls reich an Gerbestoff.

Diese Rinden stammen von verschiedenen Bäumen Brasiliens, aus der Familie der Mimoseen, ab, ohne daß man für jede Sorte bis jetzt die Mutterpflanze genau anzugeben vermag. Es werden von v. Martius (Systema materiae medicae brasiliensis p. 53 u. 54) folgende Arten genannt: Mimosa cochliacarpus Gomes. (Pithecollobium Avaremotemo Mart.), Acacia adstringens Mart. Reise (Stryphnodendron Barbatimao Mart. Syst.), Acacia Jurema Mart. und Acacia Angico Mart.

Es ist möglich, daß von der letzten Art die (in Nees u. Ebermaier Handb. der med.=pharm. Botanik. 3. Bd. S. 199 genannte) Angico=Rinde abstammt, welche größtentheils aus sehr zähem Baste, von braunrother Farbe, mit nur hie und da anhängender Borke besteht, in Brasilien wie die vorhergehenden Rinden benutzt wird, aber noch nicht in den deutschen Handel kam. Das letztere gilt auch von der (am gleichen Orte aufgeführten) Imbiribi genannten, adstringirenden Rinde, welche eine glatte, graue Rindenhaut, einen grobfaserigen, dicht anliegenden Bast und auf dem Bruche eine blaß-braunrothe Farbe haben soll.

Dagegen sind fast gleichzeitig mit den ächten Sorten auch mehrere falsche Rinden als **Cortex adstringens brasiliensis** in den Handel gebracht worden, welche sich aber, außer ihrem meist ganz verschiedenen Ansehen, durch den Mangel des stark zusammenziehenden Geschmackes unterscheiden.

B e m e r k. Was in meinem Handbuche auf S. 5 u. S. **777** u. **778** über **Cortex adstringens brasiliensis** angegeben worden, ist also durch das hier Vorgetragene zu ersetzen.

2. Familie. **Caesalpinieae.**

S. 11. **Zu Balsamum Copaivae**, statt der dort gegebenen Beschreibung:

Im Handel kommen jetzt nur dünnflüssige Sorten vor, welche aus Brasilien eingeführt und als ächter oder **Kopaivbalsam von Para, Balsamum Copaivae verum s. de Para**, bezeichnet werden, etwas dünnflüssiger als Syrup, durchsichtig und klar, theils weingelb, theils blaßgelb, seltner von dunkler, braungelber Farbe, wie Maderawein, sind, einen eigenthümlichen, nicht unangenehmen, balsamischen Geruch und einen schwach bittern, reizenden, lange im Schlunde haftenden Geschmack besitzen. Sie bestehen aus einem ätherischen Oele und einem durch anhaltendes Kochen mit Wasser trocken werdenden Harze. (**Pharm. bor. — Pharm. bad.**).*)

S. 11. An den Schluß des Artikels:

B e m e r k. Der früher im Handel vorgekommene Kopaivbalsam war von dem heutigen in mehrfacher Hinsicht verschieden, nämlich von anderer Konsistenz und in Alkohol völlig löslich. Manche der neuern Sorten lösen sich zwar vollständig auch in Alkohol auf; bei andern bleibt aber als Rückstand eine flockige, weißliche, nach dem Trocknen zerreibliche, wie es scheint, mit dem Federharze verwandte Substanz. Daher sind die früher zur Prüfung der Aechtheit und Reinheit dieser Waare angegebenen Mittel unzuverlässig und ungenügend.

S. 15. Die **Mekka-Sennesblätter** enthalten zum Theil, neben den großen, dünnen Blättchen (von **Cassia acutifolia** *Del.*) und den

---

*) Die Arten, von welchen man gewiß weiß, daß sie in Brasilien Kopaivbalsam liefern, sind nach v. **Martius** (Syst. mat. med. veg. brasil. p. 114 u. 115) Copaifera guianensis *Desf.*, C. nitida *Mart.*, C. Martii *Hayne*, C. Langsdorffii *Desf.*, C. coriacea *Mart.* und C. Beyrichii *Hayne*. — Nach den Angaben des genannten Schriftstellers ändert der Balsam nach den verschiedenen Mutterpflanzen mehr oder weniger in Farbe, Geruch, specifischer Schwere und Wirksamkeit ab.

kleinern, dickern Blättchen (von Cassia lanceolata *Forsk.*), auch schmälere und spizere Blättchen (von Cassia Ehrenbergii). Sind die leztern in größerer Menge beigemischt, so führt diese Sorte den Namen **schmale Mekkasennesblätter**, Folia Sennae de Mecca angusta.

Sehr selten kommen die Blättchen der Cassia Ehrenbergii fast rein für sich im Handel vor, wo sie auch wohl unter dem S. 16. bereits erwähnten Namen **schmale aleppische Sennesblätter**, Folia Sennae halepensis angustifoliae, begriffen werden.

3. Familie. **Papilionaceae.**

S. 20. Aus den 6 oder 7 Gruppen, in welche diese Familie zerfällt, sind 4, welche officinelle Pflanzen enthalten und die hier zur Erleichterung der Uebersicht, mit den eingereiheten Gattungen, so weit diese für die Heilkunde beachtenswerth sind, folgen:

1. Reihe. **Dünnläppler. Phylollobeae** *De Cand.*

Keimblätter ziemlich flach, bei der Keimung über die Erde emportretend und zu dünnen Blättern, mit Spaltöffnungen besetzt, auswachsend.

1. Gruppe. Sophoreae *Spreng.*
Staubfäden getrennt. Hülse einfächerig.

Gatt. Myrospermum, (Handb. S. 20).

2. Gruppe. Loteae *De Cand.*

Staubgefäße ein= oder zweibrüderig. Hülse einfächerig oder seltner durch eine Längsscheidewand zweifächerig.

Diese große Gruppe zerfällt (nach Endlicher) in 4 Untergruppen, deren jede mehrere in der Heilkunde gebräuchliche Arten enthält.

1. **Untergruppe.** Genisteae *De C.* Staubgefäße meist einbrüderig. Hülse einfächerig. Blätter einfach oder gedreit (selten gefiedert).

Gatt. Genista. (Handb. S. 33).
Ononis (= S. 22).

2. **Untergruppe. Trifolieae** *De C.* Staubgefäße zweibrüderig.

Hülse einfächerig. Blätter 3-5zählig=gefingert (selten unpaarig=gefiedert); Erstlingsblätter wechselständig.

Gatt. **Trigonella** (Handb. S. 24).

Melilotus (= S. 25).

3. Untergruppe. Galegeae *Endl.* Staubgefäße meist zweibrüderig. Hülse einfächerig. Die Blätter unpaarig=gefiedert (selten gedreit); Erstlingsblätter gegenständig.

Gatt. **Glycyrrhiza** (Handb. S. 27).

S. 28. Nach dieser Gattung ist einzuschalten:

Gatt. **Indigofera** *Linn.* **Indigpflanze.**
(Diadelphia Decandria *L.*)

Kelch ziemlich gleichmäßig = 5zähnig oder 5spaltig. Das Schiffchen der Schmetterlingsblume 1blättrig, am Grunde 2ipornig oder 2höckerig, zuletzt oft elastisch sich zurückschlagend. Staubgefäße 2brüderig. Griffel fädlich, kahl, mit kleiner kopfiger Narbe. Hülse stiel=rundlich, zusammengedrückt oder 4kantig, gerade oder gekrümmt, viel=samig, seltner arm= bis 1samig (und fast kugelig), 2klappig. Samen an beiden Enden gestutzt oder würfelförmig, oft durch Einschnürungen der Hülse von einander getrennt.

Indigofera tinctoria *Linn.* Färbende Indigpflanze.

Stengel halbsträuchig; Blätter (wie bei den folgenden) unpaarig=gefiedert: Die Blättchen in 4-5 Paaren, oval, in der Jugend an=gedrückt=flaumlich; Trauben (winkelständig) viel kürzer als das stützende Blatt; Hülsen stielrundlich, holperig, zurückgeschlagen und mit der Spitze aufwärts=gekrümmt.

Aufrecht, 3-5 Fuß hoch, ausgebreitet=ästig. Die Blättchen seegrün. Die Trauben aufrecht, kaum von der halben Länge der Blätter. Die Fahne und das Schiffchen blaß=gelblich oder grünlich; die Flügel rosenroth. Die Hülsen 1- 1½ Zoll lang, bei der Reife braun oder schwärzlich, leicht = gekrümmt, 8-10samig. — Eine Abart mit kürzern und dickern, 3—4sami=gen Hülsen ist: die kurzfrüchtige, var. β. brachycarpa *De C.*

Ist in Ostindien einheimisch und wird im tropischen Asien, so wie in andern Welttheilen zwischen den Wendekreisen kultivirt.*).

---

*) Es ist jedoch zweifelhaft, ob alle in den verschiedenen Welttheilen kul-tivirten Formen zu der nämlichen Art gehören und ob nicht mehrere Arten unter dem Namen Indigofera tinctoria von den Schriftstellern

Indigofera Anil *Linn.* Anil = Indigpflanze.
Anilpflanze.

Stengel halbstrauchig; Aeste kantig; Blätter 3—7paarig=gefie=
dert: Blättchen oval oder länglich=oval, unterseits angedrückt=flau=
mig; Trauben kürzer als das stützende Blatt; Hülsen zusammenge=
drückt, gleichdick, an beiden Rändern mit einer schwielig=vorspringenden
Naht versehen, zurückgeschlagen und mit der Spitze aufwärts = ge=
krümmt.

In Tracht der vorigen ähnlich, aber selten über 2 Fuß hoch werdend;
Stengel, Aeste und Blattspindeln von dichtstehenden, angedrückten, zweizinki=
gen Haaren greisgrau. Die Blättchen oberseits seegrünlich, nur schwach
fläumlich, unterseits von ähnlichen Haaren, wie an den Blattspindeln, mehr
oder weniger greisgraulich. Die aufrechten Trauben meist länger als das
halbe Blatt. Die Blumen weißlich = grün, roth=geadert; die Fahne außen,
nebst dem Kelche, dicht=flaumig. Die Hülsen linealisch, spitz, 6—9 Linien
lang, braun, angedrückt=flaumig, 5—7samig.

Stammt aus Südamerika und wird dort, so wie in beiden Indien,
im Großen angebaut.

Indigofera argentea *Linn.* Silberweiße Indigpflanze.
Indigofera tinctoria *Forsk.* I. glauca *Lam.*

Strauchig; Aeste stielrund; Blätter 1—2paarig=gefiedert; Blätt=
chen verkehrt=eirund, beiderseits silberweiß=flaumig; Trauben kürzer als
das stützende Blatt; Hülsen schwach=zusammengedrückt, holperig, greis=
grau, hängend.

L'Hérit. stirp. nov. aut minus cogn. t. 79.

Der Stamm 2—3 Fuß hoch, fast einfach oder ästig; die Aeste ebenfalls
weiß=seidenhaarig. Die Trauben ährenförmig, dünn, locker. Die Blumen
purpurröthlich; die Fahne von den Flügeln und dem Schiffchen weit = abste=
hend. Diese Art ist durch ihre seegrünlich = silberweiße Farbe und durch die
armpaarigen Blätter, deren Blättchen größer sind, als bei den vorhergehen=
den, sehr leicht zu unterscheiden.

Wächst wild in Arabien, Aegypten und Ostindien, und wird

---

verwechselt werden. Wenigstens scheint die in *Rheede* hort. malab.
1. t. 54. dargestellte von der in *Rumphius* herbar. amboin. 5. t. 80.
abgebildeten, welche De Candolle (Prodr. 2. p. 224) beide zu
Indigofera tinctoria zieht, specifisch verschieden zu seyn.

im nördlichen Afrika, zum Theil auch in Ost= und Westindien kul=
tivirt.

Von diesen drei Indigpflanzen wird hauptsächlich der in den
Blättern enthaltene Farbstoff — Indig, **Indigo s. Indicum
(Color indicus s. Pigmentum indicum)** — im Großen gewonnen.*)

Er kommt theils in verschieden gestalteten, unregelmäßigen Stücken
von verschiedener Größe, theils in würfeligen, 2 — 3 Zoll dicken Stücken
im Handel vor, wo man gegenwärtig bei uns hauptsächlich den ja=
vanischen und ostindischen oder bengalischen Indig, den
letztern als die bessere Sorte unterscheidet **). Die Stücke sind trocken an=
zufühlen, von schön dunkelblauer Farbe, an den Fingern abfärbend, auf dem
Bruche muschelig, mit dem Nagel oder einem andern glatten Körper gerie=
ben einen kupferrothen Strich annehmend, leicht, auf dem Wasser schwim=
mend, geruch= und geschmacklos. Sie lassen sich beim raschen Feuer ohne
Zerstörung in purpurrothen Dämpfen verflüchtigen und lösen sich in rauchen=
der Schwefelsäure vollständig zu einer dunkelblauen Tinktur auf. Der ver=
käufliche Indig enthält, neben dem Indigblau, noch Indigroth, In=
digbraun, Indigleim, kohlens. Kalk, Bittererde und Eisenoxyd.

Der Indig wurde in neuerer Zeit von mehreren Seiten her
gegen verschiedene krampfhafte Zufälle, namentlich gegen Epilepsie
empfohlen. Aber nicht alle Aerzte, welche seine Anwendung versuch=
ten, wollen einen günstigen Erfolg derselben beobachtet haben, wäh=
rend der Gebrauch des Indigs, da dieser bei vielen Kranken Erbre=
chen und Durchfall bewirkt, überhaupt nur mit Vorsicht Statt finden
darf. Er wird in Pulver= und Latwergform verordnet. **(Pharm. bad.).**

---

*) Auch von Indigofera caerulea *Roxb.* (I. Roxburghiana *St. Hil.*)
und Indigofera disperma *Linn.*, zweien in Ostindien einheimischen
Arten, soll Indig, aber in geringerer Menge gewonnen werden. —
Pflanzen, deren Blätter Indig enthalten, sind noch (außer einigen
andern Indigofera-Arten) Tephrosia tinctoria *Pers.* und Amorpha
fruticosa *L.* (Fam. Papilionaceae), Isatis tinctoria *L.* u. andere
Isatis-Arten (Fam. Cruciferae), Wrightia tinctoria *R. Br.*
(Fam. Apocyneae), Marsdenia tinctoria *R. Br.* und Gymnema
tingens *Spreng.* (Fam. Asclepiadeae), Adenostemma tinctorium
Cass. (Fam. Synanthereae), Polygonum tinctorium *Lour.*, P.
chinense *L.* und P. barbatum *L.* (Fam. Polygoneae). Sie wer=
den aber weniger oder gar nicht zur Gewinnung dieses Farbstoffes
für den Handel benutzt.

**) Ausserdem finden sich jedoch im Handel noch Indigsorten von der Insel
Mauritius, aus Westindien und verschiedenen Ländern Südamerika's,
auch aus Louisiana, von welchen die von Guatimala (Guatimala-
Flora) am höchsten geschätzt wird, wiewohl auch Brasilien einen
sehr guten Indig liefert.

Gatt. Colutea (Handb. S. 35).

4. Untergruppe. Astragaleae *De C.* Staubgefäße zwei=
brüderig. Hülse (durch die scheidewandartig = verbreiterte untere oder
Rückennaht) in 2 vollständige oder unvollständige Längsfächer getheilt
oder an der obern (samentragenden) Naht eingedrückt. Blätter ge=
fiedert.

Gatt. Astragalus (Handb. S. 29).

2. Reihe. Dickläppler. Sarcolobeae. *De Cand.*

Keimblätter dick, auf dem Rücken mehr oder weniger gewölbt,
bei der Keimung unter der Erde bleibend oder, wenn über diese em=
portretend, an Größe nicht zunehmend.

3. Gruppe. Phaseoleae *Benth.*

Staubgefäße meist zweibrüderig. Hülse zweiklappig, einfächerig
oder von locker=zelligen Querwänden mehrfächerig. Blätter meist gedreit.

Gatt. Phaseolus (Handb. S. 34).

S. 35. ist nach dieser Gattung einzuschalten:

Gatt. Mucuna *Juss.* **Juckbohne.**
(Diadelphia Decandria *L.*)

Kelch glockig, 2lippig: obere Lippe ganz oder ausgerandet, untere 3=
spaltig, der mittlere Zipfel länger. Die Fahne der Blume aufsteigend, kürzer
als die Flügel und das (mit diesen gleichlange) Schiffchen; das Schiffchen ge=
rade, in einen spitzen,. aufsteigenden Schnabel verdünnt. Staubgefäße 2brü=
derig, abwechselnd länger, mit zweigestaltigen Antheren. Die Hülse mehr
oder minder zusammengedrückt, 2klappig, mehrsamig, durch lockeres Zellgewebe
zwischen den Samen querwändig. Samennabel linealisch, den Samen (meist)
fast ganz umgürtend.

Mucuna pruriens *Lindl.* Aechte Juckbohne.

Dolichos pruriens *Linn.* — **Stizolobium pruriens** *Pers.* — **Mucuna
pruriens** *De Cand.* (Alle mit Ausschl. des Vorkommens in Südasien und
der auf die ostindische Pflanze bezüglichen Synonyme). Kratzbohne.

Blätter (wie bei allen Arten) 3zählig: die Blättchen zugespitzt, unterseits,
nebst dem Stengel, den Blüthenstielen und Blattstielen, rauhhaarig, die seit=
lichen sehr ungleichhälftig, schief=3eckig-eirund, das mittlere elliptisch=rauten=
förmig; Blüthentrauben länger als das (stützende) Blatt, hängend, schlapp;

Hülsen schwach=Sförmig, wenig zusammengedrückt, etwas holperig, dicht=brenn=
borstig; Samen oval, ihr Nabel kaum halb so lang als ihre vordere Seite.

Bot. reg. new. ser. 11. t. 18.

Der Stengel halbstrauchig, hoch aufklimmend und windend. Die Blätter
in Größe und Gestalt den Bohnenblättern ähnlich. Die Trauben sammt ihrem
ziemlich langen Stiele 1 — 1½ Fuß lang. Die Blüthen 1½ Zoll lang; der
Kelch weit, an seinem Grunde schief=höckerig und steifhaarig, von fuchsrothen
Haaren; die Blüthen violett, mit einer meist blässern Fahne und einem weiß=
lichen, an der Spitze grünen Schiffchen. Die Hülsen 3 — 4 Zoll lang und
½ Zoll breit, dicht mit fuchsrothen, nach allen Seiten wagrecht=abstehenden,
starren, sehr leicht ablöslichen, borstlichen Haaren bekleidet, unter diesen schwärz=
lich, an der obern (samentragenden) Naht niedergedrückt, auf der untern mit
einer tiefen Furche durchzogen, zwischen den beiden Nähten auf jeder Seite mit
einer stark vorspringenden Riefe belegt, innen durch locker=zellige Querwände in
3 — 6 Fächer abgetheilt und in jedem der letztern einen Samen enthaltend. Die
Samen von Gestalt und Größe einer gewöhnlichen Bohne, hellbraun, mit schwarz=
braunen feinen Punkten und größern Flecken gezeichnet, glänzend; der Nabel
derselben linealisch, mit einem weißlichen, wulstigen, faltig=gekerbten Rande
umgeben und sammt diesem kaum 3 Linien lang.

W. in Westindien, auf unbebautem Lande, an Flußufern, in Hecken
und Zäunen.

Die steifen Borstenhaare der eben beschriebenen Hülsen — Kuhkrätze,
Setae (s. Lanugo) Siliquae hirsutae s. SetaeStizolobii —
welche bei der Berührung leicht in die Haut eindringen, abbrechen und
ein heftiges Jucken und Brennen verursachen, sind in ihrem Vaterlande, mit
Melasse oder Honig vermengt, als Mittel gegen Spulwürmer im Gebrauche,
wobei sie jedoch nur mechanisch wirken. Sie wurden auch in Europa zu
diesem Zwecke empfohlen, kamen aber bei uns nie in allgemeine Anwendung.
Indessen sollen sie in England zuweilen noch von Aerzten verordnet werden,
und obgleich in keine unserer neuern Pharmakopöen aufgenommen, findet man
doch die Hülsen immer noch hie und da in den Materialhandlungen vorräthig.

Im tropischen Amerika gebraucht man zu gleichem Zwecke die Borstenhaare
der Hülsen von Mucuna urens De C., der brennenden Juckbohne
(Dolichos urens L. Stizolobium urens Pers.), einer in Westindien und
Südamerika wachsenden, strauchigen Schlingpflanze, deren Blättchen schief=
eirund, am Grunde abgerundet, unterseits glänzend=filzig, die Blüthen größer
(2 Zoll lang), weiß oder gelblich, mit am Rande rothen Flügeln, die Hülsen
viel größer (6—8 Zoll lang und fast 2 Zoll breit) und die ebenfalls größern
Samen braunroth und mit einem schwarzen, zwei Drittheile ihres Randes
umgürtenden Nabel versehen sind. Diese Hülsen kommen jedoch bei uns im
Handel nicht vor.

Bemerk. Die Angabe der meisten Schriftsteller, daß die ächte Juck=
bohne auch in Ostindien wachse, ist unrichtig und beruht auf einer Ver=
wechselung derselben mit einer andern, im tropischen Asien einheimischen Art.
Diese ist (nach der Beschreibung und Abbildung in **Rumph. herb. amboin.**
5. p. 395. t. 142) zwar der westindischen ähnlich, unterscheidet sich aber durch
unterseits seidenhaarige Blättchen, deren mittleres länger gestielt ist, durch
stärker zusammengedrückte, holverige, von den dichten, aufwärts (gegen
die Spitze) gerichteten Borstenhaaren. goldgelb, braunroth=gestreift und seiden=
glänzend erscheinende Hülsen und durch stark=zusammengedrückte, schwarze,
mit dunkelgelben Streifen und Flecken gezeichnete Samen. Die Haare der
Früchte, so wie der Blätter, Blattstiele und jüngern Stengeltheile, verursachen
bei der Berührung ebenfalls ein lange anhaltendes, schmerzliches Jucken,
werden aber in ihrem Vaterlande nicht als Arzneimittel benutzt, und es
findet sich nirgends eine Angabe, daß sie jemals in den Handel gekommen
seyen. — Diese in Ostindien und auf den Inseln Südasiens wachsende Art,
welche als **Mucuna holosericea** bezeichnet werden kann, ist einerlei mit
Carpopogon pruriens *Roxh.*; dagegen können **Dolichos pruriens** *Linn.*
(**Stizolobium pruriens** *Pers.* **Mucuna pruriens** *De Cand.*) nicht als Sy=
nonyme gelten, weil die genannten Autoren, wie ihre Diagnosen zeigen, offen=
bar die westindische Pflanze unter diesen Namen verstanden und nur aus
Mißverständniß die Heimath und die auf die südasiatische Pflanze bezüglichen
Synonyme dazu gezogen haben.

Gatt. Butea (Handb. S. 32.)

4. Gruppe Dalbergieae *De Cand.*

Staubgefäße ein= oder zweibrüderig. Hülse nicht (in Klappen)
aufspringend. Blätter meist gefiedert.

Gatt. Drepanocarpus. (Handb. S. 31).
Pterocarpus. (= S. 32).

Zu S. 31. **Drepanocarpus senegalensis** *N. ab Es.* ist
wahrscheinlich synonym mit **Pterocarpus erinaceus** *Lam.*, welcher
ebenfalls in Senegambien wachsend angegeben wird, dessen Fiederblätt=
chen aber unterseits braunroth=flaumig seyn sollen, während davon in
der Beschreibung des **Drepanocarpus** (Düsseld. Samml. t. 331)
nichts bemerkt ist.

In England wird (nach der Angabe von **Forbes Royle***)

---

*) **S. Pharm. Journ. Transact.** 5. p. 495 — 500; auch **Pharm. Cen-**
tralbl. 1846. S. 556.

nicht das afrikanische, sondern das ostindische, von Bombay einge= brachte Kino für die beste Sorte gehalten; es soll sogar nach Eng= land gar kein Kino von der afrikanischen Küste kommen. Das ostin= dische Kino, welches auf der Küste Malabar gewonnen und vorzüglich von Tellitscherry nach Bombay gebracht wird, kommt nach den über= einstimmenden Berichten mehrerer englischen Reisenden von dem bereits (Handb. S. 33) genannten **Pterocarpus Marsupium** *Roxb.*, verschieden von **Pt. santalinus** *Linn.* (Handb. S. 32) durch 5—7= zählig=gefiederte Blätter, elliptische, schwach=ausgerandete, lederige, nebst den Aesten und Kelchen kahle (3 — 5 Zoll lange) Blättchen, gipfelständige Rispen, blaßgelbe Blumen, an ihrem Grunde einbrüde= rige Staubgefäße und an einer Seite etwas gestutzte Hüllen. — Es ist ein hoher, schlanker Baum, mit einer außen dunkelbraunen, innen rothen, faserigen Rinde, von zusammenziehendem Geschmack.

Das Kino wird dadurch gewonnen, daß man in die Rinde des blühenden Baumes der Länge nach Einschnitte macht, von welchen der Saft in ein untergestelltes Gefäß fließt, worauf man ihn an der Sonne trocknet.

8. Familie. **Amyrideae.**

S. 69. unterste Zeile. Bei der Gatt. **Boswellia** muß es heißen: Samen „häutig=geflügelt oder schmal berandet."

S. 70. Zeile 4 von oben. In der Diagnose von **Boswellia serrata** ist, statt „sitzend", zu setzen „kurz=gestielt", statt „spitzlich" zu lesen „stumpf" — dann Zeile 5 am Schlusse beizufügen „Kap= seln länglich".

S. 71. Nach der genannten Art ist einzuschalten:

Boswellia papyrifera *Hochstetter*. Papiertragende Boswellie.
Boswellia floribunda *Royle.* — Plösslea floribunda *Endl.*

Blätter unpaarig=gefiedert, die Blättchen 15 — 17, meist gegen= ständig, sitzend, lanzettlich, stumpf, ungleich=gekerbt, nebst der Blatt= spindel filzig=flaumig; Trauben auf dem Gipfel der entblätterten Aest= chen gehäuft, ästig; Kapseln keulenförmig.

Ein Baum, ausgezeichnet durch seine glatte Rindenhaut (**periderma** *Mohl*), welche sich in sehr großen papierartigen Lamellen, von braun=gelber und blaß = gelber Farbe, abblättert und mit welcher auch schon die jüngern

Zweige bis zu ihren stets mit ausgeschwitzten Harztropfen besetzten Enden überkleidet sind. Die Blüthen, welche im Dezember vor den Blättern erscheinen, sind in ihrer Bildung denen der vorigen Art ähnlich. Die ungefähr 1 Zoll langen, von der Mitte gegen ihren Grund allmählig verdünnten Früchte reifen im Monat April des folgenden Jahres. Die ebenfalls am Gipfel der Aestchen zusammengedrängten Blätter entfalten sich erst im Juni und werden dann im Oktober abgeworfen, so daß der Baum zur Blüthezeit und bis nach der Fruchtreife ohne Blätter ist.

W. im südlichsten Theile von Nubien, in Abyssinien und in dem Küstenlande von Somaulies bis zum Kap Gardafui.

Dieser Baum liefert den **afrikanischen Weihrauch, Olibanum africanum,**

welcher ebenfalls den aus der verwundeten innern, dicken Rindenschicht, an den Zweiggipfeln auch von selbst reichlich ausfließenden, an der Luft erhärteten, gummiharzigen Milchsaft darstellt, aus gelben oder röthlich-braunen, theils tropfenförmigen, theils unregelmäßig eckigen Stücken, mit einem wachsartigen, matten Bruche besteht, die sich überhaupt in ihren Eigenschaften, wie der (auf S. 79 des Handb.) beschriebene ordinäre Weihrauch verhalten, zwischen den Zähnen zwar nicht, wie der Sandarak, zu einem sandähnlichen Pulver zerspringen, doch aber etwas spröder erscheinen und im Munde weniger erweichen, als der Mastir, von welchem sie sich außerdem noch durch ihre geringere Durchsichtigkeit und ihren matten Bruch unterscheiden. Es kommt übrigens auch eine ausgelesene, aus reinern Stücken bestehende Sorte vor. Der ordinären Sorte sind häufig Bruchstücke von Kalkspath-Krystallen beigemischt; auch findet man zuweilen Stückchen der papierartigen Rindenhaut darunter, welche keinen Zweifel über die Abstammung dieser Waare von der genannten **Boswellia** übrig lassen.

Der afrikanische Weihrauch wird namentlich auf der langen Kette von Kalksteinhügeln an der Küste von Somaulies, unweit vom Kap Gardafui in großer Menge gesammelt, und gelangt über Suez nach Venedig und Marseille und von da weiter in den europäischen Handel. Der gegenwärtig in Deutschland verkäufliche Weihrauch scheint größtentheils, wo nicht ganz zu der afrikanischen Sorte zu gehören. Von jenen Kalkhügeln läßt sich das Vorkommen der Kalkkrystalle in dieser Waare erklären.

10. Familie. **Zygophylleae.**

S. 83. Der Beschreibung des Guajakharzes ist noch beizufügen:

In neuerer Zeit trifft man auch ein Guajakharz in Tropfen oder
Thränen, **Resina Guajaci in lacrymis**, im Handel an, welches fast ganz
aus mehr rundlichen oder länglichen, tropfenförmigen Stücken, von der Größe
einer Erbse bis zu der einer Wallnuß und darüber besteht, im Uebrigen aber
mit dem gewöhnlichen, aus mehr eckigen Stücken bestehenden, übereinstimmt.

12. Familie. **Diosmeae.**

S. 89. Die Buccoblätter, **Folia Bucco, Buccu, Buchu**
s. Diosmae, sind in den **Codex medicam. hamburgens.**
aufgenommen.

Sie sind auf dem Kap auch als magenstärkendes Mittel im Gebrauche.
Die zur Anwendung vorgeschlagenen Formen sind das Pulver, der Aufguß
und Absud. Auf dem Kap sind als Präparate ein **Acetum**, **Oxymel** und
Linimentum Diosmae und, als gewöhnliches Hausmittel, der Buccu-
branntwein im Gebrauche. In England ist (von Reece) die Tinktur
und das Extrakt empfohlen worden.

13. Familie. **Simarubaceae.**

Das (auf S. 91) beschriebene surinamische Quassienholz,
von **Quassia amara** *Linn.*, aus dünnern, leichten Stücken bestehend,
deren Rinde nur $\frac{1}{5}$ — $\frac{1}{4}$ Linie dick, außen sehr hell, bis gelblich-weiß
und nur fleckenweise noch mit einer graubraunen Rindenhaut überdeckt,
das weißliche, kaum ins Gelbliche ziehende Holz aber durch seinen lang-
und grobfaserigen Bruch ausgezeichnet ist, wird wirklich aus Surinam
über Holland in den Handel gebracht.

Das jamaikanische Quassienholz von **Simaruba excelsa**
De C. (s. S. 93), welches sich außer seiner festern, kurzfaserigen
Struktur, auch durch die sehr verschiedene Beschaffenheit seiner Rinde,
wo diese noch auf den großen Scheiten vorhanden ist, auszeichnet,
und welches nach Endlicher (Med. Pflanz. d. österr. Pharmak. S.
529) jetzt in den Apotheken Oesterreichs vorhanden seyn soll, ist mir
noch in keiner der zum Gebiete des Zollvereins gehörenden Waaren-
handlungen und Officinen vorgekommen. Die dem Holze fest anhän-
gende Rinde dieser Quassiensorte ist (nach einer vorliegenden Probe)
4—5 Linien dick, außen rauh und uneben, höckerig-runzelig und
grubig, von dunkelbrauner, stellenweise in Grau übergehender Farbe,
und besteht aus einer dünnen, innen heller braunen Borke und einem
sehr dicken Baste, dessen äußere Schichten härter, mehr splitterig und
holzartig, von einer dunklern, stärker ins Bräunliche ziehenden Farbe,

die innersten aber weicher, sehr feinfaserig, an den abgeriebenen Stellen fast seideartig anzufühlen, von hellerer, bräunlich=weißer Farbe und nur hie und da mit bräunlich= oder schwärzlich=grauen Streifen und Flecken bezeichnet sind.

Das gegenwärtig (außer dem surinamischen) bei uns vorkommende dunkelrindige Bitterholz, welches im Handel als **Lignum Quassiae jamaicense** bezeichnet wird, ist von der vorhergehenden Quassienforte sehr verschieden. Es besteht nämlich aus vollständig berindeten, armsdicken, knüttelförmigen Stücken, zum Theil aber auch bis 8 Zoll dicken Klötzen. Die stellenweise nur locker anliegende Rinde ist dünn, ½ bis höchstens 1 Linie dick, außen schwärzlich= oder dunkel=graubraun, nur zuweilen mehr röthlich=braun, seicht=längs= runzelig, an den abgeriebenen Stellen schmutzig oder bräunlich=weiß; die äußere Rindenhaut zeigt auch häufig die rundlichen oder querläng= lichen, an dickern Klötzen linealischen Narben der Rindenhöckerchen, und ist so dünn, daß man meist den Verlauf der zunächst darunter liegenden Bastbündel unterscheiden kann; der Bast selbst ist weißlich, ziemlich fest und feinfaserig. Das Holz, obgleich sehr leicht und beim Durchsägen eine faserig=rauhe Schnittfläche zeigend, erscheint doch beim Spalten nach der Länge fester und dichter faserig, als bei dem suri= namischen Quassienholze, dabei gelblich=weiß, stellenweise auch, zumal auf dem Querschnitte der dickern Klötze, hellgelb gefärbt. In dem starkbittern Geschmacke stimmt diese Quassienholz=Sorte mit den bei= den andern überein. Sie kommt über Hamburg in den deutschen Handel und stammt vielleicht von **Simaruba medicinalis** *Endl.* ab, vorausgesetzt, daß sie wirklich aus Westindien herkommt.

Bemerk. In manchen Schriften wird der Verfälschung des jamai= kanischen Quassienholzes mit dem Holze des *Korallen*-Sumachs= *Rhus Metopium Linn.*, gedacht, eines ziemlich hohen, in den Gebirgswäl= dern Jamaikas gemeinen Baumes, welches sich aber durch seine bedeutendere Schwere, durch hie und da in demselben vorkommende schwärzliche Harz= punkte und Flecken, so wie durch seinen starken Gerbestoffgehalt unterscheidet, weshalb auch der Aufguß dieses Holzes durch salzsaure oder schwefelsaure Eisensalze schwarz gefärbt wird. — Das aus dem Stamme des genannten Sumachs ausschwitzende Harz ist auf Jamaika äußerlich bei Wunden und Geschwüren, und innerlich als purgirendes, emetisches und stark diuretisches Mittel, gegen verschiedene Krankheiten des Unterleibs, besonders auch der Geschlechts= und Harnorgane, unter dem Namen **Doctor-gum**, im Ge= brauche.

28. Familie. **Cruciferae.**

S. 163. Die Gattung Armoracia wird wohl besser wieder mit **Cochlearia** zu vereinigen seyn, wo dann der Gattungscharakter für **Armoracia** auszustreichen und dem gewöhnlichen Meerret= tig der ältere Name **Cochlearia Armoracia** *Linn.* vorzu= setzen ist.

S. 166. Ist zu bemerken, daß das ätherische Senföl, **Oleum Sinapis aethereum s. destillatum**, so wie das durch Digestion mit Terpentinöl bereitete **Oleum Sinapis infusum** (s. **Tinctura Sinapis anglorum**) in den **Codex medicam. hamburg.** aufgenommen sind.

35. Familie. **Umbelliferae.**

S. 232. Unter den Verfälschungen der **Radix Pimpinellae** ist besonders noch die Wurzel von **Heracleum Sphondylium** *L.* zu nennen. — Die Tinktur der ächten Wurzel wurde auch bei scrophulöser Augenentzündung und bei Hämorrhoidalbeschwerden wirksam befunden.

S. 250. Am Schlusse der 4. Gruppe (Peucedaneae) ist ein= zuschalten, die noch zu dieser Gruppe gehörige

Gatt. **Heracleum** *Linn.* **Heilkraut.**

Kelchrand 5zähnig. Blumenblätter verkehrt=eirund, ausgerandet, mit einem einwärts=gebogenen Läppchen; die äußern oft 2spaltig und strahlend. Frucht vom Rücken her flach=zusammengedrückt, mit einem breiten, flachen Rande umgeben. Halbfrüchte mit 5 feinen, fädlichen Riefen; die 3 Rückenriefen genähert, die 2 Seitenriefen davon entfernt, nahe an dem verbreiterten Rande liegend. Thälchen 1striemig; Fugen= seite 2striemig (selten striemenlos); die Striemen verkürzt (nicht bis zum untern Ende der Thälchen reichend), meist keulenförmig. Samen= kern flachgedrückt. Fruchthal er 2theilig.

Heracleum Sphondylium *Linn.* Gemeines Heilkraut.
Gemeine oder unächte Bärenklaue.

Blätter schärflich=rauhaarig, gefiedert oder tief=fiedertheilig, die Blättchen oder Hauptzipfel gelappt oder handförmig=getheilt, ungleich= kerbig=gesägt; Dolden strahlend; Fruchtknoten flaumig; Früchte

Früchte oval, stumpf, ausgerandet, zuletzt kahl, die Fugenseite dersel=
ben 2striemig.

Hayne Arzneigew. 7. t. 10.

Die Wurzel gestreckt = spindelig, kleinfingers=bis fingersdick, wenig = ästig,
geringelt, braun=gelblich, oberwärts in einen vielköpfigen Wurzelstock von glei=
cher Farbe übergehend, aus dessen aufstrebenden Aesten zahlreiche, dicke und
lange, ziemlich einfache Wurzelzasern entspringen. Der Stengel 2—4 Fuß
hoch, gefurcht, steifhaarig, röhrig, nach oben ästig. Die Blätter 2—3paarig,
mit einem unpaarigen Endblättchen; die Seitenblättchen mehr oder weniger
tief = fiedertheilig oder lappig, die des untersten oder der 2 untern Paare ge=
stielt, die des obersten Paares sitzend, oft auch mit dem Endblättchen zusam=
menfließend; dieses 3spaltig oder 3theilig, mit häufig 2lappigen Seitenzipfeln
und 3lappigem Endzipfel; die untern Blätter auf langen, rinnigen Blattstie=
len, die obern sitzend auf großen, bauchigen Scheiden. Die Dolden groß,
flach, 10—30strahlig. Die Hülle fehlend oder aus 1—2, seltner aus meh=
reren lanzett = pfriemlichen Blättchen bestehend; die Hüllchen vielblätterig, die
Blättchen pfriemlich. Die Blüthen weiß, seltner grünlich = oder röthlich=über=
laufen, im Umkreise der Dolde doppelt größer.

Aendert in der Gestalt und Größe der Blätter und Blättchen sehr ab.
Eine Spielart mit verlängerten Blattzipfeln ist: var β. elegans Koch
synops. (Heracleum elegans *Jacq.*)

W. auf Wiesen, grasreichen Rainen und etwas feuchten Wald=
stellen, von den Ebenen bis zu den Alpen hinauf, fast in ganz Eu=
ropa und im nördlichen Asien. Bl. von Juni bis Herbst. ♂.

Von dieser Pflanze, deren Blätter und Wurzel ehemals, als Herba und
Radix Brancae ursinae germanicae, im Gebrauche waren, kommt die
letztere gegenwärtig am häufigsten bei uns als Verwechselung, anstatt der
Radix Pimpinellae, im Handel vor. Sie ist aber, außer der hellern, im
getrockneten Zustande bräunlich= oder grau=gelben Farbe, an den viel dickern,
oben häufig in eine fast kegelförmige, stumpfe Spitze ausgehenden Wurzelköp=
fen, an den langen und dicken, aus dem starken Wurzelstocke entspringenden
Wurzelzasern, an der ebenfalls meist dickern Hauptwurzel (die aber auch
oft ganz fehlt) und hauptsächlich an dem Mangel des die ächte Pimpinell=
wurzel charakterisirenden Geruches und scharfen Geschmackes nicht schwer zu
unterscheiden. Wenn die Stengelreste noch vorhanden sind, was nicht selten
der Fall ist, so erscheinen diese ebenfalls viel dicker, als an der ächten Wurzel,
im Innern hohl und außen zuweilen noch stellenweise mit einem rauhhaarigen
Ueberzuge bekleidet.

39. Familie. **Rubiaceae.**

S. 280. Nach der weißen, mehligen oder welligen Brechwurzel ist Folgendes einzuschalten:

Unter dem Namen Ipecacuanha Janapapa ist in neuerer Zeit eine falsche Brechwurzel eingeführt worden, welche, oberflächlich angesehen, zwar einige Aehnlichkeit mit der wahren oder geringelten Brechwurzel hat, genau betrachtet aber bedeutende Unterschiede zeigt. Sie besitzt im Ganzen eine röthlich-graubraune Farbe und besteht aus ½—2 Zoll langen, strohhalms- bis federspuldicken Stucken; diese sind meist gekrümmt oder hin und hergebogen, längsrunzelig, nur zum geringern Theile stellenweise einge-schnürt, aber nicht knotig-geringelt, dagegen zwischen den Einschnürungen in stärkere Knoten angeschwollen und dadurch manchmal etwas rosenkranzförmig. Die Rinde, welche sich nicht selten an einem Ende der Wurzelstücke von dem harten, holzigen, heller gefärbten Kerne abgelöst hat, erscheint auch auf dem Querbruche braun, und zwar bald von ziemlich gleicher Farbe, bald etwas heller, bald dunkler als auf ihrer Außenfläche; ihre Dicke kommt meist dem Durchmesser des Kernes gleich. Es gibt aber auch Wurzelstücke, mit sehr dünner, dem Kerne fest anliegender Rinde. Endlich ist diese falsche Wurzel ohne bemerkbaren Geruch und fast geschmacklos. Nur selten werden einzelne knotig-geringelte Stücke der ächten Brechwurzel darunter angetroffen, welche sich sogleich an der auf dem Bruche weißlichen Rinde und an dem widerlich-bittern Geschmacke der letztern erkennen lassen. Ueber die Mutterpflanze der falschen Wurzel ist nichts bekannt.

S. 283. Aus den Berichten mehrerer Reisenden wird es wahr-scheinlich, daß das Vaterland des Kaffeebaumes nicht in Arabien, son-dern im mittlern Afrika zwischen 3 und 15° N. Br. zu suchen ist, wo er in manchen Ländern wildwachsend und große Waldungen bildend gefunden werden soll, während man denselben in Abyssinien und Yemen nur kultivirt sieht.

S. 302. Von falschen Chinarinden werden in den ver-schiedenen Zeitschriften für Pharmacie fast alljährlich mehrere genannt und beschrieben, welche da oder dort im Handel auftauchen, aber theils sich nur als längst bekannte Sorten unter neuem Namen er-weisen, theils, wenn wirklich neu, oft eben so bald wieder verschollen sind, als ihre Besprechung in den Journalen währt, und darum großentheils als ephemere Erscheinungen in den Lehrbüchern übergan-gen werden können. Nur eine neue Sorte, welche, wie es scheint, in größerer Quantität eingeführt und, so viel mir bekannt, noch nicht ausführlich beschrieben wurde, möge hier erwähnt werden. Es ist eine

falsche gelbe Chinarinde. China flava falsa.

Sie hat mit der harten gelben Chinarinde (Handb. S. 297) allerdings Aehnlichkeit und besteht auch theils aus dickern flachen oder schwach rinnigen, theils aus dünnern, mehr oder weniger gerollten Stücken. Alle Stücke sind aber im Allgemeinen größer, als bei jener, und selten unter 9—10 Zoll lang. Die dickern, vom Stamme oder den ältern Aesten genommenen, sind 2—3 Zoll breit und 2—3 Linien dick; die Borke ist an den Stellen, wo die äußere Rindenhaut noch vorhanden, mehr oder minder runzelig oder runzelig-höckerig, bräunlich-grau und stellenweise gelblich-weiß, an den abgeriebenen Stellen aber heller oder dunkler rostbraun, schwammig, und so weich, daß sie sich leicht mit dem Nagel abkratzen läßt; wo die weiche Borkenschicht ganz entfernt worden, erscheint der Bast stellenweise auch wieder mit einer weißlichen Ueberhaut bedeckt; im Uebrigen besitzt der Bast eine schmutzig-gelbbraune Farbe, ist auf seiner innern Fläche uneben und fein-splitterig, auf dem Querbruche ziemlich grob-, aber kurz-faserig und zeigt auf diesem, gleich der matten, dunkel-rostbraunen Borke, unter der Lupe eine Menge eingestreuter, feiner, weißer Pünktchen. Die dünnern Rinden sind gerollt, häufig aber auch gewaltsam, wahrscheinlich durch Beschweren mit Steinen während des Trocknens, ausgebreitet, und nur am Rande noch umgerollt, 1½ — 2 Zoll breit und wenig über ½ Linie dick, außen ziemlich eben, nämlich nur mit seichten Längsrunzeln oder abgesetzten Längsrissen, mit schwach aufgeworfenen Rändern, durchzogen, dabei mit flach-niedergedrückten Rindenwärzchen von verschiedener Gestalt und Größe und von matt-rostbrauner oder seltner dunkelrothbrauner Farbe bestreut, im Ganzen aber von bräunlich- oder schmutzig gelblich-weißer Farbe, hie und da von aufsitzenden Flechtenkrusten weiß, schwarz- oder schimmelgrün-gefleckt, auf der Innenfläche des Bastes schmutzig-braungelb, zum Theil auch mehr ins Rostbraune oder Röthlichbraune ziehend, fein-splitterig, an den gewaltsam ausgebreiteten Stücken oft unregelmäßig aufgerissen und stellenweise schwarz-gefleckt; der dünne Querbruch ist auf der Borkenschicht rostbraun, unter der Lupe betrachtet gleichsam lamellös und meist weiß-punktirt, auf der Bastschicht etwas heller von Farbe und kurz-faserig. In dem etwas dumpfigen Geruche und bittern Geschmacke verhält sich diese falsche Rinde der ächten gelben China ziemlich ähnlich. Eine chemische Analyse ist mir nicht bekannt.

Diese Rinde, welche ich von Herrn Jobst in Stuttgart erhielt, hat einen so geringen Werth, daß das Pfund derselben nur auf 18 Kreuzer zu stehen kommt.

41. Familie. **Gentianaceae**.

S. 330. Was ich bis jetzt aus dem Handel als **Herba Spigeliae Anthelmiae** erhielt, waren immer die beblätterten Stengel von **Spigelia marylandica** *L.*, wie sich an den 4 undeutlichen Kanten des Stengels und dem häufig noch vorhandenenbr aunen Wurzelstocke dieser nicht einjährigen, sondern perennirenden Pflanze leicht erkennen läßt.

42. Familie. **Convolvulaceae**.

S. 334. Am Schlusse der Bemerk. 1. ist einzuschalten:

Noch eine falsche Wurzel ist die sogenannte weiße Jalappenwurzel, **Radix Jalappae albae**. Sie besteht aus ungespaltenen, größern, aber specifisch leichtern Wurzeln als die ächte Jalappe, ist etwas heller von Farbe, weit weniger runzelig, dagegen mit häufigen, im frischen Zustande in dieselben gemachten Längs = und Quereinschnitten versehen, in und um welche der ausgetretene und eingetrocknete Milchsaft sich hie und da als eine schwarzbraune, harzähnliche Masse angesetzt hat; die innere Substanz ist viel lockerer als bei der Jalappe, fast markig, gegen den Umfang heller, weißlich, nach Innen mehr bräunlich, nur seltene harzglänzende Stellen zeigend. Der Geruch ist schwach, etwas rauchig, der Geschmack ebenso und gleichfalls weder süßlich noch kratzend.

46. Familie. **Scrophularinae**.

S. 411. Zu **Herba Gratiolae**.

Der sehr bittere Stoff, welcher rein dargestellt krystallinisch, in Wasser schwer, in Alkohol leicht löslich ist, wird (von **Marchand**, welcher ihn näher untersuchte — s. **Journ de chim. méd.** 1845. p. 518 — 522) **Gratiolin** genannt.

50. Familie. **Synanthereae**.

1. Gruppe. **Eupatorinae**.

S. 453. Zu **Petasites officinalis** (am Schlusse) nachzutragen:

Das von der frischen macerirten Pflanze abgegossene Wasser, welches an Geschmack und Farbe einem Eibischabsude gleicht und sich mehrere Jahre in verschlossenen Flaschen unverändert aufbewahren läßt, ist als ein sehr wirksames (allopathisches) Mittel gegen Tripper empfohlen worden. Als homöopathisches Mittel wird zu gleichem Zwecke die aus dem Safte der frischen Pflanze und aus den getrockneten Blättern bereitete Tinktur gerühmt.

(S. Stapf, neues Archiv für die homöopatische Heilkunst. Bd. 1. S. 80 — 86).

In diese Gruppe gehört auch die kaum von Eupatorium zu trennende Gattung Mikania, welche sich von jener nur durch die 4blüthigen Köpfchen, mit einer 4—5blättrigen (einreihigen) Hülle unterscheiden soll. Aus dieser großen Gattung, deren meiste Arten dem tropischen Amerika angehören, ist zu erwähnen:

Mikania Guaco *Humb.* et *Bonpl.* Giftwidrige Mikanie oder Guacopflanze.

Der Stengel krautig, windend, bis 30 Fuß hoch an Bäumen aufklimmend, mit stielrunden, gefurchten, kurzhaarigen Aesten. Die (gegenständigen) Blätter gestielt, eirund, etwas zugespitzt, am Grunde kurz=verschmälert, entfernt=gezähnt, netzaderig, dünn, oberseits rauhlich, unterseits kurzhaarig. Die Ebensträuße in den Blattwinkeln, gegenständig, gestielt, sehr vielköpfig. Die Köpfchen auf den letzten Verzweigungen der Blüthenstiele zu 3, sitzend; da Deckblättchen unter jeder Hülle kürzer als diese, linealisch; die Hüllblättchen lineal-länglich, stumpf, flaumig; die Blüthen schmutzig-weiß; die Früchte kahl, mit röthlicher (haariger) Fruchtkrone.

W. in Columbien an den Ufern des Magdalenenflusses. ♃.

Die ganze Pflanze besitzt einen sehr starken, durchdringenden Geruch und einen widerlichen, bittern Geschmack. Der ausgepreßte Saft und die Abkochung, innerlich genommen, so wie die zerquetschte Pflanze als Breiumschlag, äußerlich angewendet, stehen in ihrem Vaterlande als zuverläßiges Mittel gegen den Biß giftiger Schlangen und gegen Scorpionstiche in großem Ansehen. Selbst eine schützende und vorbauende Wirkung gegen Bisse giftiger Thiere und selbst wüthender Hunde schreibt man dieser Pflanze zu, so wie sie auch noch gegen mancherlei andere Leiden angewendet wird. Bei uns wurde dieselbe von mehreren Seiten her als wirksam in der Cholera empfohlen. Die widersprechenden Resultate, welche in letzterer Beziehung erhalten wurden, scheinen theils von einer Verwechselung des ächten Guaco's, Stipite Guaco s. Huaco, mit andern gleichnamigen, aber unwirksamen Waaren, theils daher zu rühren, daß nicht immer jüngere, noch mit den wirksamen, narkotisch riechenden und bitter schmeckenden Blättern besetzte Stengel angewendet, sondern oft auch untere, blattlose Stengeltheile, welche ziemlich unwirksam seyn sollen, zu den Heilversuchen benutzt wurden.

In Mexiko werden jedoch unter dem Namen Guaco mit gleich gutem Erfolge gegen Schlangenbiß, Cholera und Wasserscheu die beblätterten Stengel der Guaco mexicana *Liebman* (Fam. Aristolochieae), in Brasilien aber die holzigen Stengel von Aristolochia cymbifera *Mart.* angewendet.

3. Gruppe. Senecionideae.

S. 465. **Anacyclus officinarum** wird, nach den an Ort und Stelle eingezogenen Erkundigungen, nicht in Thüringen kultivirt. Ob diese Pflanze noch bei Magdeburg angebaut wird, konnte ich nicht in Erfahrung bringen. Dagegen soll, nach der Angabe eines achtbaren Handels- hauses, die gemeine oder deutsche Bertramwurzel gegen- wärtig über Böhmen zu uns gelangen.

In neuerer Zeit soll diese Wurzel mit den Wurzeln von **Sonchus oleraceus** *L.* und dann ohne Zweifel auch mit denen des gewöhnlich an glei- chen Standorten mit diesem wachsenden **Sonchus asper** *Vill.* verfälscht werden. Diese Wurzeln sind etwas heller von Farbe, stärker bezasert, von kräftigern Pflanzen genommen dicker und dann gewöhnlich in einige stärkere, gleichfalls bezaserte Aeste getheilt, alle aber ohne den charakteristischen Faser- schopf, und von einem schwach-bitterlichen, keineswegs scharfen und brennenden Geschmacke.

S. 472. Von der **Beifußwurzel**, Radix Artemisiae, wird auch das mit Alkohol bereitete harzige Extrakt, **Extractum Artemi- siae radicis Pharm. bad.**, als ein sehr wirksames Präparat nicht nur bei Epilepsie und krampfhaften Leiden, sondern auch bei Durchfäl- len, Ruhr, gastrisch = nervösen Fiebern, chronischem Erbrechen, Bleich- sucht, Stockung der Menstruation und noch manchen andern Leiden gepriesen.

S. 482. Am Schlusse der Präparate der **Arnica montana** *L.* ist noch beizufügen:

Das ätherische **Wohlverleiöl**, Oleum Florum Arnicae, ist als ein innerliches, schon in sehr kleinen Gaben äußerst wirksames Heilmittel in den meisten Fällen, wo die Blüthen angewendet werden, empfohlen werden, aber bis jetzt in keine unsrer Pharmakopöen aufgenommen.

S. 484. Am Schlusse des Artikels über **Spilanthes oleracea** *Jacq.* ist beizusetzen:

Von der getrockneten Pflanze sollten nur die Blüthenköpfe angewendet werden, da diese allein eine bedeutende Schärfe beibehalten.

Unter dem Namen **Paraguay-Roux** wurde längere Zeit von Frank- reich, als ein Geheimmittel gegen Zahnschmerzen, eine zusammengesetzte Paratinktur eingeführt, zu welcher, außer den Blüthen von **Spilanthes oleracea**, noch die römische **Bertramwurzel** (von **Anacyclus**

Pyrethrum *De C.*) und die Blüthen und Blätter des in Südfrankreich und Italien wachsenden, sonst ungebräuchlichen geflügelten Alants (Inula bifrons *L.*) genommen werden.

4. Gruppe. Cynareae.

S. 491. Vor der Gatt. Centaurea ist einzuschalten:

Gatt. Silybum *De Cand.* Mariendistel.
(Syngenesia: Polygamia aequalis *L.*)

Hülle bauchig, dachig; die Blättchen in ein breites, abstehendes, krauti= ges, dornspitziges Anhängsel endigend. Blüthen alle röhrig und zwitterig. Staubfäden einbrüderig. Blüthenlager spreuborstig. Früchte zusam= mengedrückt, mit einem grundständigen Nabel. Fruchtkrone vielreihig; die Strahlen der äußern Reihen spreuig=borstlich, gezähnelt=wimperig, die der innern Reihen viel kürzer, haarfein und ganz glatt, alle in einen breiten Ring verwachsen und sammt diesem abfällig.

Silybum marianum *Gärtn.* Gemeine Mariendistel.

Carduus marianus *Linn.* Frauendistel, Silberdistel, Froschdistel.

Einzige Art der Gattung.

Hayne Arzneigew. 7. t. 31. — Düsseld. Samml. t. 221.

Der Stengel 3—6 Fuß hoch, spinnenwebig=flockig, ästig, mit verlänger= ten, armförmigen Aesten. Die Blätter länglich, buchtig, wellig, dornspitzig= gezähnt und kleindornig=gewimpert, dicklich und etwas fleischig, grob=netzaderig, oberseits gesättigt=grün, stark=glänzend und nach dem Laufe der Adern weiß= lich=marmorirt, unterseits heller=grün und einfarbig, seltner auch oberseits einfarbig=grün; die Wurzelblätter fiederspaltig, nebst den untern Stengel= blättern in einen geflügelten Blattstiel herablaufend, die übrigen am Grunde herzförmig, halb=stengelumfassend, mit angedrückten Ohrlappen, die obern rin= nig. Die Köpfchen groß, 1½ — fast 2 Zoll lang. Die Hülle weit=eiförmig, am Grunde eingedrückt; die großen Anhängsel der Hüllblättchen weit=abstehend, starr, rinnig=vertieft, hinten am Rande mit sperrigen Dornen besetzt und in einen stärkern Dorn zugespitzt; die innersten Blättchen aber lanzettlich, zuge= spitzt, etwas trockenhäutig, an ihrer meist nicht stechenden Spitze purpurroth. Die Blumen hell=purpurroth oder weißlich. Die Früchte schief=verkehrt=eirund, zusammengedrückt, zuweilen auch fast dreikantig, 3 Linien lang, glatt, glän= zend, auf ½ ½braunem Grunde dicht schwarzbraun=gestrichelt und punktirt, manchmal auch hell=braun und fast ungefleckt oder von vorherrschender dunkel= brauner Farbe, immer aber an der Spitze in einen weißlichen, schar= fen, ringförmigen Rand endigend und innerhalb desselben einen kleinen, stumpf= kegeligen, auf seinem Scheitel eingedrückten Höcker (die bleibende, von dem

Honigröhrchen umgebene Griffelbasis) tragend. Die Fruchtkrone gelblich-weiß, starrlich, fast 3 mal so lang als die Frucht, leicht abfallend.

W. auf Gebirgstriften und unbebauten Stellen im südlichen Europa, im westlichen Asien und in Ostindien, und findet sich im mittlern Europa in manchen Gegenden verwildert. Bl. im Juli und August. ⊙ u. ♂.

Die Früchte — Stechkörner, Semen Cardui Mariae — welche stets ihre Fruchtkrone abgeworfen haben, im Uebrigen von der beschriebenen Bildung, geruchlos, von einem schwachen, kaum bitterlichen Geschmacke, unter der lederigen Schale einen ölig-schleimigen Kern enthaltend,

waren schon in früherer Zeit, als einhüllendes und demulcirendes Mittel, vorzüglich bei Brustkrankheiten mit Seitenstechen im Gebrauche. In neuester Zeit wird von einigen Aerzten wieder die Abkochung oder besser die Emulsion als ein specifisches Mittel gegen falsches Seitenstechen, von Unterleibsleiden herrührend, und überhaupt gegen krampfhafte Beschwerden der Unterleibsorgane, zumal gegen Leberleiden, empfohlen. Sie sind jedoch in keine der neuern Pharmakopöen aufgenommen.

Auch die Wurzel und Blätter, **Radix et Herba Cardui Mariae**, waren ehemals gebräuchlich.

5. Gruppe. Cichorieae:

S. 494. Zu Radix Cichorii.

Als Verfälschung der Cichorienwurzel kamen schon einmal die Wurzeln von jungen Pflanzen des Bilsenkrautes (Hyoscyamus niger *Linn.*) vor, welche, an gleichem Standorte mit Cichorium Intybus gewachsen, aus Versehen mit den Wurzeln des letztern im Frühling eingesammelt waren (s. **Buchner** Repert. f. d. Pharm. 2. S. 345). Diese giftigen Wurzeln haben im Aeußern große Aehnlichkeit mit denen der Wegwarte, unterscheiden sich aber im getrockneten Zustande durch eine blässere (weiße) Rindenschicht und einen gelblichen, im Innern bräunlichen, holzigen Kern, besonders aber durch einen scharfen, den Schlund zusammenziehenden Geschmack, im frischen Zustande noch dadurch, daß sie beim Zerschneiden keinen Milchsaft von sich geben. Dieser Fall läßt das Einsammeln der Cichorienwurzel im Herbste rathsamer erscheinen, wo eine Verwechslung mit dem Bilsenkraute, selbst durch den weniger Kundigen, nicht wohl möglich ist.

S. 497. Da die Wurzeln der beiden (in Bemerk. 2. genannten) **Sonchus** - Arten in neuerer Zeit als Verfälschung der **Radix Pyrethri germanici** vorkommen sollen, so mag eine kurze Beschreibung dieser Pflanzen nicht überflüssig seyn.

Gatt. Sonchus *Cassin.* Gänsedistel.

Syngenesia: Polygamia aequalis *L.*)

Hülle dachig. Blüthen zwitterig, zungenförmig, vielreihig. Blüthenlager nackt. Früchte vom Rücken her zusammengedrückt, an ihrer Spitze gestutzt, ungeschnäbelt. Fruchtkrone haarig, weich, aus lauter ziemlich gleichlangen Strahlen gebildet.

Sonchus oleraceus *Wallr.* Gemüseartige Gänsedistel.

Saudistel, Milchdistel, Leberdistel, Haasenkohl u. s. w. mit der folgenden Art.

Stengel ästig; die Aeste an ihrem Gipfel fast doldig-trugdoldig; Blätter länglich, schrotsägeförmig-fiederspaltig oder (seltner) ganz, die stengelständigen am Grunde herzförmig, mit abstehenden oder fast wagrecht-vorgestreckten, zugespitzten Ohrlappen; Früchte querrunzelig, sehr schmal berandet, beiderseits 3rießig und 2rillig; Wurzel senkrecht, dünn-spindelig.

Hayne Arzneigew. 1. t. 48.

Der Stengel aufrecht, 1—4 Fuß hoch, kantig, röhrig, nebst den Blättern kahl. Die Blätter ungleich- oder doppelt-gezähnt, oberseits dunkegrün, ins Bläulichgrüne ziehend, matt oder nur schwach-glänzend, unterseits seegrün und ohne Glanz; der Endzipfel derselben am größten, herz- oder spießförmig-dreieckig. Die Hülle der Köpfchen in der Jugend, nebst dem Ende der Blüthenstiele mit einer dicken, schneeweißen, leicht in Flocken sich ablösenden Wolle bekleidet, später kahl werdend, selten mit fast borstlichen, drüsentragenden Haaren bestreut, nach dem Verblühen aus einem stark-bauchigen Grunde kegelig zusammengezogen. Die Blumen schwefelgelb bis citronengelb. — Aendert sehr in der Zertheilung der Blätter ab.

W. an kultivirten Orten, in Gärten, auf Schutthaufen, in allen Weltheilen. Bl. von Juni bis Oktober. ⊙

Sonchus asper *Vill.* Rauhe Gänsedistel.

Stengel und Aeste, wie bei der vorigen; Blätter oval länglich, ganz oder etwas schrotsägeförmig, die stengelständigen am Grunde herzförmig, mit angedrückten, abgerundeten Ohrlappen; Früchte glatt, berandet, beiderseits 3rießig; Wurzel wie bei der vorigen.

Der vorhergehenden Art sehr ähnlich; aber die Blätter meist dicker, oft fast lederig und oberseits stark-glänzend, ganz oder doch weniger tief-gespalten, mit zahlreichern, sparrigen, mehr starren, manchmal sogar stechenden Zähnen, besonders jedoch an den gerundeten, dem Stengel und den Aesten meist feſt anliegenden und an ihrem untern Rande zurückgebogenen Ohrlappen und den runzelloſen, innerhalb des breitern und ſchärfern Randes auf jeder Seite mit 8 feinen, fädlichen Rieſen belegten Früchten zu erkennen.

W. an gleichen Standorten mit der erſten Art, und iſt eben ſo weit verbreitet. Hat auch dieſelbe Blüthezeit und Dauer.

Die Unterſchiede der Wurzeln dieſer beiden Gänſediſteln von der deutſchen Bertramwurzel ſind bereits in den Nachträgen zu dieſer (ſ. S. 24) angegeben worden.

52. Familie. **Aristolochieae.**

S. 517. Zu dieſer Familie gehört auch die Pflanze, deren beblätterte Stengel in Mexiko, unter dem Namen Guaco, mit Erfolg gegen Schlangenbiß, Cholera und Waſſerſcheu angewendet werden. Dieſer mexikaniſche Guaco, der nicht mit dem columbiſchen von **Mikania Guaco** (ſ. Nachtr. zu S. 453) herrührenden zu verwechſeln iſt, kommt von **Guaco mexicana** *Liebman* her, einer Pflanze, von welcher mir noch keine Beſchreibung und Abbildung zu Geſicht kam.

Eine andere Guaco Sorte, welche wahrſcheinlich von **Aristolochia cymbifera** *Mart.* in Braſilien herkommt und ſich im Handel als **Stipites Guaco** und **Radix Aristolochiae cymbiferae** zuweilen vorfindet, beſteht aus holzigen Stengelſtücken von 14 Zoll Länge und $1/2$—$1^{1}/_{4}$ Zoll Dicke, mit einer 4 Linien dicken, korkigen, innen feſtern, auf dem Querſchnitte mit gelblichen, harzglänzenden Streifen durchzogenen Rinde und einer ſehr kleinen Markröhre, deren regelmäßige Strahlen zwiſchen den Holzbündeln leicht zerſtört werden, wodurch die letztern dann nur noch loſe zuſammenhängen. Die Rinde beſitzt einen durchdringenden, dem Waſſerfenchel ähnlichen Geruch, einen eckelhaft bittern, lange anhaltenden Geſchmack, und ſcheint der allein wirkſame Theil dieſer Waare zu ſeyn.

54. Familie. **Laurineae.**

S. 531. Der Bemerk. 1. iſt beizufügen,

daß in den Preisliſten der engliſchen Handelshäuſer die ächte Zimmtkaſſie als Cassia lignea bezeichnet wird.

S. 533. Zu den Zimmtblüthen iſt zu bemerken:

Unter dem Namen wilde Zimmtblüthen, **Flores Cassiae sylvestris**, kommt eine falſche Waare vor, ebenfalls aus den Perigonen mit eingeschlossenen halbreifen Früchten von irgend einer **Cinnamomum**-Art bestehend, welche aber durch eine weit glattere Oberfläche, eine mehr ins Schwarze nei- gende Farbe, durch dünnere Blüthenstiele und besonders durch den Mangel des zimmtartigen Geruches und Geschmackes von den ächten Zimmtblüthen verschieden sind.

55. Familie. Myristiceae.

S. 538. Dem Artikel über Myristica moschata *Thunb.* ist beizufügen:

Bemerk. 2. Unter dem Namen wilde Muskatblüthe, **Macis sylvestris**, finden sich die Samenmäntel einer andern Myristica-Art vor, welche weniger tief- und in viel breitere, meist ganze Zipfel gespalten, von einer dunklern, braunen Farbe sind und einen weit schwächern, auch minder angenehmen aromatischen Geruch und Geschmack besitzen, als die ächte Mus- katblüthe.

60. Familie. Artocarpeae.

S. 581. Zu Schellack ist zu bemerken:

Man unterscheidet nach der verschiedenen Farbe und dem Grade der Reinheit im Handel den blonden, orange- und leberfarbigen Schellack, wovon die letzte Untersorte die geringste, theilweise noch mit Un- reinigkeiten untermengt ist, auch aus dickern, mehr undurchsichtigen Plättchen besteht und mehr den Bodensatz der geschmolzenen Masse zu bilden scheint.

61. Familie. Balsamifluae.

S. 583. In dem specif. Charakter von **Liquidambar Styraci- flua** *Linn.* ist anzugeben, daß die Blätter mit „ganzen" . . . Zipfeln versehen sind. In der Beschreibung ist zuzusetzen (am Schluße der Blätter):

Die Sägezähne derselben mit ihrer drüsigen Spitze einwärts- gekrümmt. Die Nebenblätter zur Hälfte dem Blattstiel angewachsen; ihr freies Ende lanzett-pfriemlich, trockenhäutig, hinfällig.

Dann ist der in den systematischen Schriften nur sehr unvollstän- dig gegebene Charakter der folgenden Art folgender Weise zu ergänzen:

Liquidambar orientale *Mill.* Morgenländischer Amberbaum.
Liquidambar imberbe *Ait.*

Blätter handförmig- 5spaltig, mit länglichen, stumpflichen, winkelig-

gelappten, angedrückt=drüsig=gesägten Zipfeln, unterseits in den Ader=
winkeln bartlos.

Ein Baum, dem vorigen ähnlich, aber niedriger. Die Blätter völlig
kahl, mit kleinern, angedrückten Sägezähnen; der mittlere Zipfel meist 3lappig.
die übrigen mehr oder weniger winkelig; die drüsige Spitze der Sägezähne
sehr kurz und gerade. Das freie Ende der Nebenblätter dreieckig-lanzettlich
oder fast 3eckig=eirund, kaum halb so lang als bei dem vorigen.

65. Familie. **Cupuliferae.**

S. 606. Bei den Galläpfel=Präparaten ist nachzutragen:

Der aus den Galläpfeln bereitete reine Gerbestoff oder die Gerb=
säure oder Eichengerbsäure, Tanninum, Acidum tannicum,
quercitannicum s. scytodepsicum (Pharm. bad. append.), wird
ebenfalls, als ein stark adstringirendes Mittel, innerlich in Pulver=
und Pillenform, vorzüglich gegen Mutterblutflüsse angewendet, und
ist auch gegen übermäßiges Erbrechen in Folge von Ipecacuanha oder
Emetin (als Gegengift) und äußerlich in Salbenform bei der ägypti=
schen Augenkrankheit empfohlen worden.

S. 607. Die levantischen Knoppern oder Velanide führen auch
den Namen Valonea.

S. 608. Der die Holzsäure betreffende Satz ist vollstän=
diger so zu geben:

Dahin gehört die (rohe) Holzsäure oder der Holzessig, saure
Holzgeist oder brenzliche Essigsäure, Acidum pyrolignosum s.
pyroxylicum (crudum), Acidum lignicum s. pyroaceticum, welche in
chemischen Fabriken durch trockene Destillation aus verschiedenen harten Holz=
arten bereitet wird und besonders äußerlich, als adstringirendes und antisep=
tisches Mittel bei Wunden, so wie bei skrophulösen, krebsartigen, brandigen
und andern bösartigen Geschwüren, bei Kopfgrind, bei Zahnschmerz in Folge
von Caries — in Anwendung kommt; dann die rectificirte Holz=
säure, oder der rectificirte Holzessig, Acidum pyrolignosum s.
pyroxylicum rectificatum, welche seltner und vorzugsweise innerlich ange=
wendet wird (Pharm. bor. et bad.).

66. Familie. **Coniferae.**

S. 622 Bei der Schwarzkiefer muß der ältere Name Pi=
nus Laricio *Poir.* vorangestellt und P. nigricans *Host.* un=
ter die Synonyme eingereihet werden.

S. 627. Der kanadische Balsam ist doch in die **Pharm. bad.** append. aufgenommen.

S. 632 Zu bemerken, daß der gereinigte Glanzruß auch in Salbenform und in Abkochung in Anwendung kommt, und daß die beiden Tinkturen des Glanzrußes, welche erhitzend, schweißtreibend, auflösend u. s. w. wirken, besonders als wirksam in chronischen Rheumatismen, chronischen Brustleiden und gegen unterdrückte Hautausschläge empfohlen werden.

S. 635. Das Braunkohlenöl (s. die Bemerk. das.) welches auch den Namen **Oleum pyrocarbonicum** führt, wird gegen mancherlei Krankheiten (Lähmungen, Magenkrampf, Kolik, Hypochondrie, Hysterie, Lungenschwindsucht u. s. w.) empfohlen, hauptsächlich aber als sehr wirksam gegen Gicht gepriesen.

69. Familie. **Zingiberaceae.**

S. 648. Der Bemerk. 2. ist beizufügen:

Die Namen **Radix Cassumunar** und **Radix Zerumbet** werden öfters synonym genommen; es scheint, daß unter diesen Namen die Wurzeln von noch mancherlei Zingiberaceen im Handel vorkamen. Eine sogenannte Zittwerwurzel von Bombay, **Radix Zedoariae bombayensis**, welche hie und da in neuerer Zeit im Handel gesehen wird und aus halbirten, birnförmigen oder scheibenförmigen, zum Theil auch fast walzigen Stücken, von verschiedener Größe, und oft noch mit ihren Wurzelzasern versehen, besteht, von einem ähnlichen Geruch und Geschmacke, wie die gebräuchliche Zittwerwurzel, außen runzelig, gelblich-graubraun, inwendig aber dunkelgelb (wie die Kurkumäwurzel) sind, scheint nichts anders als eine solche gelbe Zittwer- oder Zerumbetwurzel zu seyn.

71. Familie. **Irideae.**

S. 677. Zu der Bemerk. noch nachzutragen:

Als Verfälschungsmittel (des verkäuflichen Safrans) werden auch die Narben von **Crocus vernus** *All.* angegeben, die aber kürzer und oberwärts stärker (kammartig=) verbreitet sind und durch concentrirte Schwefelsäure dunkelgrün gefärbt werden, während die Narben der ächten Safransorten durch diese Säure eine indigblaue Farbe annehmen, welche aber schnell in Dunkelroth und Braun übergeht.

72. Familie. **Smilaceae.**

S. 688. Vor der Gatt. **Dracaena** ist einzuschalten:

Gatt. **Asparagus** Linn. Spargel.
(Hexandria Monogynia L.)

Blüthen meist zweihäusig-vielehig. Perigon glockig, 6theilig, am Grunde in ein oft stielförmiges Röhrchen verengert. Staubgefäße 6, über dem Grunde der Perigonzipfel angeheftet, getrennt; Träger pfriemlich; Antheren aufrecht. Fruchtknoten 3fächerig, 2eiig. Griffel 1; Narbe 3theilig, mit zurückgebogenen Zipfeln. Beere 3fächerig, 6samig.

Asparagus officinalis *Auct. rec.* Gebräuchlicher Spargel.
Asparagus officinalis γ. altilis *Linn.* *)

Stengel krautig, stielrund, aufrecht; Blätter gebüschelt, borstlich, stielrundlich, nebst den Aestchen ganz kahl und glatt; das Röhrchen von der halben oder ganzen Länge des Perigonsaumes; die Träger der männlichen Blüthen so lang als die längliche Anthere.

Hayne Arzneigew. 8. t. 29. — Düsseld. Samml. 3. Suppl. t. 3. u. 4.

Der Wurzelstock kurz, dick, unter büscheligen, langen, meist federspuldicken, etwas fleischigen Zasern versteckt, im Frühling mehrere mit Schuppen besetzte, fleischige Triebe bringend, welche über den Boden hervortreten und allmählig in grüne, sehr ästige, 2—3 Fuß hohe Stengel auswachsen. Die Haupt- oder Stützblätter in kurze, eirunde, trockenhäutige Schuppen umgeändert, aus deren Winkel die Aeste, Blüthenstiele und grünen Blätterbüschel entspringen. Die Blüthenstiele meist paarweise vom Grunde bis gegen die Mitte der Aeste und Aestchen stehend. Das Perigon grünlich-weiß, bei den männlichen Blüthen größer, bei den weiblichen Bluthen mit einem Röhrchen meist von der halben Länge des Saumes. Die Beere kugelig, erbsengroß, anfangs grün, zuletzt hochroth, glänzend, am Grunde von dem verwelkten Perigon umgeben.

W. auf Wiesen, an Waldrändern, an Fluß- und Meeresufern, zumal in Sandboden, stellenweise vom südlichen Europa bis nach England und Schweden; auch in Nordamerika eingebürgert; wird im größten Theile von Europa und in Nordamerika als Gemüsepflanze kultivirt. Bl. im Juni und Juli. ♃.

Die jungen, fleischigen Stocktriebe — Spargelsprossen, Turiones Asparagi — welche wegen ihrer diuretischen Wirkung schon längst für ein

---

*) Linné verstand unter seinem Asparagus officinalis (s. dessen Spec. plant. ed. 2. p. 448) drei von den spätern Botanikern unterschiedene Arten. Sein A. officinalis α. maritimus ist = Asparagus scaber *Brignoli* (A. amarus *De C.*), seine var. β. ist = Asparagus tenuifolius *Lam.* und seine var. γ. altilis ist, wie hier angegeben, = Asparagus officinalis der neuern Autoren.

diätetisches Mittel gelten, werden in neuerer Zeit in Frankreich zur Bereitung eines Spargelsyrups, Syrupus Asparagi, verwendet, der als ein beruhigendes und schmerzlinderndes Mittel (bei Herzklopfen, Nervenleiden, heftigem Husten u. s. w.) verordnet wird. Auch ein aus den zwei- bis breijährigen (noch nicht holzigen) Spargelwurzeln bereitetes wässeriges Extrakt, Extractum Asparagi, ist als ein beruhigendes und schlafbringendes Mittel (in Pillenform mit Pulv. rad. Asparagi) empfohlen worden.

Für uns ist die Spargelwurzel noch bemerkenswerth wegen ihrer Verwechselung mit den Saffaparillwurzeln, die schon vorgekommen seyn soll, aber bei nur einiger Aufmerksamkeit leicht erkannt werden muß. Die Fasern der Spargelwurzel haben im getrockneten Zustande eine gelblich-graubraune Farbe, keine oder nur wenige, seichte und breite Langsrunzeln, mit dazwischen liegenden stumpflichen Kanten, dagegen zahlreiche, kurze, oft punktförmige Quereindrücke und Querrunzeln. Auf dem Querdurchschnitte sieht man eine derbe, graubraune, ziemlich leicht ablösbare Rindenhaut, unter dieser eine dicke, blaßbräunliche, etwas schwammige, aber doch ziemlich feste Rindenschicht und, von dieser umschlossen, einen etwas hellern Kern, welcher dünner ist, als in den Saffaparillwurzeln, und keine weiße Markröhre einschließt. Eine dünne Scheibe des Querschnittes, in einem Wassertropfen unter dem Mikroskope betrachtet, zeigt in der Rindenschicht die punktirten Zellen großentheils mit sehr dicken Wänden versehen und ohne Spur von Stärkmehlkörnern; statt der letztern, welche in den Saffaparillwurzeln alle Rinden- und Markzellen erfüllen, und durch ihre regelmäßige Gestalt und Vereinigung zu zweien und mehreren so ausgezeichnet sind, treten aus den durchschnittenen Zellen der Spargelwurzeln viel feinere Körnchen hervor, welche im feuchten Zustande gar nicht zu erkennen sind und erst nach dem Vertrocknen des Wassers sichtbar werden, sich mit Jodtinktur vorübergehend gelblich färben und überhaupt sich dem Inulin ähnlich verhalten. Außerdem enthält der den Wurzelkern bildende Gefäßring zahlreiche mit einer gummiähnlichen Substanz erfüllte Zellen, welche in den Saffaparillwurzeln nicht vorhanden sind.

73. Familie. **Colchicaceae.**

S. 695. Bei dem Veratrin ist anzugeben, daß dasselbe nur selten zum innern Arzneigebrauche benutzt, dagegen öfter äußerlich angewendet und bei verschiedenen Nervenkrankheiten, bei Rheumatismus und Gicht und in manchen Fällen von Wassersucht gerühmt wird.

S. 698. Bei der Anwendung von **Radix** und **Semen Colchici** ist beizufügen, daß beide auch gegen manche andere (als die bereits genannten) Leiden, wie chronische Nervenleiden krampfhafter

Art, Ischurie, Rothlauf, gegen den Bandwurm u. s. w. empfohlen werden.

Dann ist am Schlusse einzuschalten:

Bemerk. Die Zeitlosenblüthen, Flores Colchici, welche eine mildere Wirkung, als die Zwiebel und Samen, besitzen, sind auch, namentlich von englischen Aerzten, zur Anwendung empfohlen worden, aber in keine unserer vaterländischen Pharmakopöen aufgenommen.

75. Familie. Palmae.

S. 714. Vor der Gatt. Areca ist einzuschalten:

Gatt. Cocos *Linn.* Kokospalme.

(Monoecia Hexandria *L.*)

Blüthen einhäusig, in dem nämlichen Kolben vereinigt; dieser von einer einfachen, auf der innern Seite offenen Blüthenscheide umschlossen. Kelch und Blume 3blättrig. Männl. Blüthen: Staubgefäße 6, auf einer Scheibe stehend; Träger pfriemlich, ziemlich gleichlang; Antheren linealisch, schwach-pfeilförmig. Weibl. Blüthen: Fruchtknoten einfächerig (wegen Verkümmerung der beiden übrigen Fächer). Steinfrucht mit einem sehr dicken, faserigen, bei der Reife trocknen Fleische und einer beinharten, am Grunde 3löcherigen Steinschale. Keim im untern Ende des Eiweißkörpers eingeschlossen.

Cocos nucifera *Linn.* Aechte Kokospalme.

Stamm verlängert, etwas schief-aufsteigend, mit halbringförmigen Narben; Blätter gefiedert; Blattstiel wehrlos; Blättchen lineal-lanzettlich, zugespitzt, starr, glatt, oberseits kielnervig, unterseits etwas zusammengefaltet.

Rheede hort malab. 1. t. 1—4. — Rumph. herb. amboin. 1. t. 1 u. 2.

Ein Baum mit einem ganz einfachen, schlanken, 60—80 Fuß hohen, an seinem etwas verdickten Grunde 2 Fuß dicken Stamme, auf dessen Gipfel eine ausgebreitete, aus 10—12 kolossalen Blättern gebildete Krone tragend. Die Blätter nämlich 12—16 Fuß lang; der 3—4 Fuß lange Blattstiel über seinem Grunde von der Dicke eines Schenkels, weiter oben armsdick, oberseits rinnig, auf dem Rücken gerundet, an seinem Grunde eine zähe, faserige Netzscheide tragend, die Fiederblättchen 3—3½ Fuß lang, 2 Zoll breit. Die Blüthenkolben zu 5—6, zwischen den Blättern stehend, sehr ästig, mit einfachen, gedrungenen, ährenförmigen Aesten, welche unterwärts nur wenige weibliche Blüthen tragen und im Uebrigen mit zahlreichen, gelblich-weißen, wohlriechenden männlichen Blüthen besetzt sind. Die Blüthenscheide 2½—3 Fuß lang, in eine Stachelspitze verschmälert, etwas zusammengedrückt, dickrindig, außen dunkelgrün, innen weißlich, vor der Fruchtreife abfallend. Die Früchte von der Größe eines Menschenkopfes, eiförmig, dreiseitig, dunkelgelb oder röthlich, zum Theil auch grün, hellgelb oder weißlich, unter der dicken, schwammig-faserigen Mittelschicht eine holzige, beinharte, schwärzlich-braune Steinschale einschließend; der Samenkern hohl, eine milchartige Flüssigkeit enthaltend, zuletzt saftlos und fast hornartig.

Im tropischen Asien einheimisch und von da nach den Tropenländern der andern Welttheile verpflanzt.

Von dieser wegen ihres vielfältigen Nutzens für viele Bewohner der Tropenländer höchst wichtigen Palme wird durch Kochen des Samenkerns in Wasser und nachheriges Auspressen das **Kokosnußöl,** Oleum cocoinum, gewonnen, welches auch mit dem aus andern Palmfrüchten bereiteten Oele den gemeinschaftlichen Namen **Palmöl** oder **Palmbutter,** Oleum s. **Butyrum Palmae**, führt, eine butterartige Konsistenz hat, in seinen Eigenschaften mit andern reinen, milden fetten Oelen übereinstimmt und in den Tropenländern zu Speisen, zur Beleuchtung, zum Einreiben der Haut gegen zu starke Ausdünstung und als Arzneimittel gebraucht wird. Die daraus bereitete **Kokosnußölseife,** Sapo cocoinus, ist in neuerer Zeit in Europa als kosmetisches Mittel in Aufnahme gekommen und auch früher schon als ein unschädliches äußerliches Heil- oder Palliativmittel (von **Hufeland**) bei Flechten empfohlen worden.

Unter den Palmen, welche außer der genannten noch Palmöl liefern, sind hauptsächlich zu nennen: Cocos butyracea *Linn. fil.*, Alfonsia oleifera *Humb.* et *Bonpl.* und Acrocomia sclerocarpa *Mart.* in Südamerika, von welchen das Oel ebenfalls aus den Samenkernen gewonnen, zumal aber Elaeis guineensis *Jacq.*, in Guinea einheimisch und in Südamerika und Westindien eingeführt, von welcher es aus der ölreichen, lederig-faserigen Mittelschicht der Fruchthülle gepreßt wird.

81. Familie. **Lichenes.**

S. 755. Das **Cetrarin** ist (nach den Untersuchungen von **Knop** und **Schnedermann**) kein reiner Bestandtheil der isländischen Flechte, sondern ein Gemenge aus **Cetrarsäure**, welche allein den bittern Geschmack besitzt, aus einer krystallinischen fetten Säure und aus einem undeutlich-krystallinischen, noch nicht genauer untersuchten indifferenten Stoffe.

82. Familie. **Algae.**

S. 766. Vor dem Anhang ist einzuschalten:

Sphaerococcus confervoides *Ag.* **Confervenartiger Knopftang.**

Hypnea confervoides *Ag. fil.*

Von der Tracht des Sphaerococcus lichenoides, aber dünner fädlich, mit mehr einfachen (nicht wiederholt=gabeligen) Hauptästen und fädlichen, an beiden Enden verdünnten Nebenästen, von purpurröthlicher, beim Trocknen dunkler werdender Farbe, die Früchte ähnlich, wie bei S. lichenoides aber (nach Agardh) größer.

W. in Menge im atlantischen Meere, von England bis Afrika, und im mittelländischen Meere, findet sich aber nur als Seltenheit in der Nordsee.

Dieser Knopftang soll seit einigen Jahren aus den Lagunen Venedigs, als Mittel gegen die Schwindsucht, in den Handel gekommen seyn. Er enthält so ziemlich die gleichen Bestandtheile, wie das sogenannte Perlmoos und Stärkemoos, und besitzt auch wohl dieselben Eigenschaften und Wirkung.

83. Familie. **Hymenomycetes.**

S. 769. Der Lärchenschwamm kommt (nach Theod. Martius' Angabe) gegenwärtig nicht aus den Alpengegenden des mittlern und südlichen Europas, wie man seither annahm, sondern wird von Archangel in den Handel gebracht, also wahrscheinlich im nördlichen Rußland und in Sibirien von einer dort wachsenden Abart des Lärchenbaums, **Pinus Larix var. sibirica (Larix sibirica** *Fisch.***)** gesammelt.

Register der Nachträge.